이재옥 첫 시집

풀꽃 같은

한누리미디어

국립중앙도서관 출판시도서목록(CIP)

풀꽃 같은 : 이재옥 첫 시집 / 지은이: 이재옥. -- 서울 : 한누리미디어, 2014
p. ; cm

ISBN 978-89-7969-488-8 03810 : ₩10000

한국 현대시[韓國現代詩]

811.7-KDC5
895.715-DDC21 CIP2014030089

시작詩作하면서

억새꽃이 맑은 가을 하늘을 손짓하여 부르니 산 아래로 쉬엄쉬엄 내려오네요.

그간 작품을 몇 편 써 왔지만 졸작이라 펴 보이기는 부끄러움이 앞서 손으로 가슴을 가리고 싶네요.

자신감을 갖고 한 번 용기를 내어 봤습니다.

계속 좋은 작품을 쓸 수 있게 이 글을 읽으시는 선생님들께서 많은 격려를 해 주시면 자신감이 생길 것 같습니다.

앞으로 더욱 정진 노력 많이 하겠습니다.

2014년 가을에

一香 **이 재 옥** 배상

차례 Contents

제 1 부 새벽별

제2부 풀꽃

제3부 차를 우리는 여인

제 4 부 추수를 한 후

차례 Contents

제 5 부 초겨울에 떠난 님

제 1 부
새벽별

풀꽃 같은 · 1/ 풀꽃 같은 · 2
숨어 우는 산바람/ 까치 · 1/ 까치 · 2
새벽별/ 사금파리 친구/ 물방울/ 진달래/ 보름달
싸락눈/ 산바람/ 4월이 되면 · 1/ 4월이 되면 · 2
담쟁이 넝쿨/ 산바람/ 그믐달
별들의 미소/ 달맞이꽃

풀꽃 같은 · 1

풀 향내
너의 향기를 기억하고
환상의 빛깔을 탐내고 싶은

너의 이름을 모른단다
가슴이 설레도록
수줍디 수줍은
산골 소녀 자태

아련히 떠오르는 영상일 뿐
너의 이름
풀꽃이라 이름을 부르고 싶을 뿐

너 자신이 태어난 자연이
너의 오랜 친구요
모든 사람의 아름다운 꿈과
희망을 주는 친구가 되어 주렴

풀꽃 같은 · 2

사랑은 스치는 바람으로
지나가는가

봄 뜨락에 잔잔히 피어
나지막한 언덕 위

흔들리는
나뭇잎

사알짝 지나간
바람

얼굴은 보지 않고
지나가는
노랫소리

사랑의 전율이
흐를 때
마음 속을 비워낸
흔적
작은 풀꽃
사랑

숨어 우는 산바람

진달래꽃이
예쁘다고 자랑하고 싶어
산바람을 부르니

아직 누더기 옷
떨쳐 버리지 못한
떡갈나무
부끄러워 손을 바삭바삭 비벼댄다

진달래꽃
미안해서 얼굴 빨갛게 되어
고개 떨어뜨리는데

이내 산바람
떡갈나무 잎 뒤에서
숨어 우는 산바람 되었네

까치 · 1

미루나무 가지
무성한 잎을
지붕 삼아
집을 만들고

잔 가지 굵은 가지
입으로 주워 모아
침대도 만들어놓고

재주가 그뿐인가
이파리로
지붕은 만들지만

긴 장마철
소낙비, 태풍은

낙엽 지고
겨울 함박눈은

지붕 만드는 재주 없으니…

까치 · 2

햇볕 따가운 여름 가고
가을 오고도 한참

먹거리 즐비한
벌판 위
수십 마리 앉는다

예전엔 반가운 손님이라
했는데

요즘엔
벼이삭 까 먹고, 옥수수 따 먹고

부농의 꿈을 안은
농민들 후여후여

항상
비듬을 흔적 남기고 날아가지만
뒤돌아서면
다시 내려앉는다

어둠 한 자락
한쪽 구석에 머뭇거릴 때
흰 치맛자락
하늘에 날려 본다

새벽별

조그만 별
빛 따라 어디로 가나?
수많은 나날들

그리워
방황하며 한숨지며
은하수 따라 떠난다
나의 마음
내 님에게 전하려고

사금파리 친구

내 어릴 적
토담 밑에서 사금파리 모아 놓고
소꿉장난했었던 그 시절
어린 시절의 친구를
수십 년이 지난
지금 만나니 부여잡은 손
놓을 줄 모르고

현재를 잊고 옛날로 돌아가
그 시절의 정담을 나눴지

아마도
예닐곱 시절에
서로가
짝사랑을 했을지도 모를…
허연 머리카락이 드리워지고
다시
그리워지고 보도 싶어졌는지도 모를
그때로 돌아가 그와 나
소꿉놀이했으면…

물방울

솜털 보송보송
나뭇잎
물방울 맺히면
촉촉함이 방울방울 그리움 되고

조붓한 풀잎 끝
물방울
떨어질까 매달려 본다

물방울에 맺힌 햇살로
내 마음 투명해지려 할 때

님 소식 전해 주는 바람
그 님 숨소리 묻어 올까?
이른 새벽 기다려 본다

진달래

양지바른
골짜기
꼭 감싸 안고
속살 드러내지 않던
진달래 아씨

옆가지 흔들리는 소리에
마음 한 편
자리 못하고
싱숭생숭
언제 꽃잎고름 푸나?

화사한
분홍빛 미소 띄워 보면
좋으련만

보름달

까만 밤
하늘 쳐다보니
정월 대보름달
덩그러니 떠 있다

밀쳐낼 구름 없어
허허 하늘 위
장난기 어린 찬 바람
둥근 달보고 놀자 하네

짙어 가는 회색 밤
논두렁에 모인 개구스런 아이들
소원 담아 깡통 돌리고

횃불에 태운
해묵은 마음은
재 먼지 되어 훌훌 떠난다

너도
나도

우리 모두
가벼운 마음

싸락눈

함박눈 내린
추운 겨울날
하얀 눈
살포시 밟고 떠난 님
발자국 따라 가려 했는데

새벽녘
사락사락하는 소리
까만 하늘
고개 들어 올려 보니

가시님의 눈물
싸락눈 되어
몰래 몰래 내렸다네
옆 사람에게 들킬까 봐

님 떠난 흔적
덮으려고

산바람

푸른 계곡
맑은 물 흐르고
흙냄새 초록 냄새
싱그러운데

산새들 목메어 우니
풀잎도 섧다 하고

다가선 산바람
내 마음 사로잡으려
풀어 헤친
앞가슴으로 스며든다

4월이 되면

오래 전에
잎새 떨어진 나무들이
희망이 보인다고

겨울바람
가까이 다가서서
속삭여준다

4월이 되면
작은 손가락으로 헤집고 나오라고

그런데
지금은 왜 이리 추운지
한없이
마음 졸여 본다

담쟁이 넝쿨

온 힘을
모아 오르려고 하나
힘이 많이 부족한가?

오르다, 오르다
옆걸음도 해 보고

저 담장 너머엔
작은 창문
들여다볼까?

소녀가장
힘이 드네
정말 힘들다

그믐달

똑똑
새벽이면
인기척이 난다
언뜻 잠에서 깨어
창문을 바라보니

삐듯이
손을 위로 하고
미소를 띤 모습으로
내 얼굴을 들여다본다

저 모습은
무언가 중얼거림은 알겠는데
무슨 말을
하려는지…

별들의 미소

하얀 하늘
걷어 올리고
바람이
어둠을 손잡고 온다
놓아버린 허황한 벌판

까만 하늘
노란 꽃잎 입에 물고
맑은 미소를 보낸다

가슴 열어
기다려 보며
마음 흔들려 보고
꿈길로 돌아가는 것은…

달맞이꽃

노란 등불
받쳐들은
실바람 스침에
한 번쯤 흔들리고 싶고

님 그리워
등불 켜들고
한밤중 마중 가려다
이내 마음 접어 돌아서네

동녘
맑은 햇살
그리움
바람
눈물
모아놓고
등불 받쳐든 손
천천히 내린다

님의
그림자 덮으려고

제2부
풀꽃

선과 악/ 아들과의 이별
단풍 같은 마음/ 풀꽃/ 하늘 바람
세월/ 초록 바람/ 봄/ 어머니를 생각하며
겨울 사랑/ 해맞이/ 벼 익는 소리
낙엽/ 가슴 저며 우는 겨울 바람
가을에/ 아버님

선과 악

선과 악
한 조각의 구름
번뇌 망상
구름으로 덮어 놓고
보시공덕 쌓아
순풍으로 밀어 보내고

선함을 행하고
지혜로움 가슴으로 반겨 놓으면

날개 단 마음
하늘에 별빛 된다

아들과의 이별

낮은 옷자락에
그리움 싣고
속울음 삭혀 봅니다

15년간
땅에 머물다 보니
숨 막힘 어쩔 수 없어
발을 걷어 올렸나 봅니다

그냥 떠나지
가슴 무너지게 흔드는 이유는

울컥 울컥
내 마음 놓아 버리자

단풍 같은 마음

자신을
희생시켜
고운 단풍으로 변신해
사람들
마음을 즐겁게 해 주는
단풍들
이미 떨어진 지
몇 날이던가?

어느 샌가
모두 초췌한 모습
세월을 붙들고 싶은…

겉모습
세월은 보내고
마음 세월
가슴 속 묻어 놓고
아름다운 모습
간직한다면
마음 세월

접근치 않으리

항상
젊은 인생
누리리

풀꽃

한적한 길가
아무렇게 피어난 풀꽃
새벽이슬이
살포시 손을 잡네!

차가움이 엄습해 오는지
서로
몸 부둥켜안고
새벽꿈을 꾸는 걸까?

총총 별
남 몰래 따내며
행복한 마음 갖고
외진 길 걷는다

발 아래 스치는 풀꽃
잠 깰까 봐
숨소리 크게 못 낸다
난
그 자리에 멈췄네

하늘 바람

하늘 바람
내려와 내게 안길 때면

삼복더위
온몸은
땀으로 씻어내고
눈꺼풀에 매달린
물방울
떨어지지 않으려고
온갖 힘을 쓴다

얼만큼이 땀의 무게일까?
호미질하는 아낙네 무게일 테지

세월

뿌연 하늘
별 하나 둘
반짝일 때면
가슴으로 지나간
세월의 흔적

검정 고무신 신고
개울가 거닐다
잃었던 신발 한 짝
허리 굽혀
손으로 건져 올리고

먼 수평선 은빛 별이
손짓하던 어린 시절
갈 길 천릿길
마냥 달려온
내 모습

가난한 삶 속에서도
아름다운

환상의 나래를 폈었지
눈을 크게 뜨고 본

내 모습

초록 바람

하늘에 흐르는 바람이 되고 싶어라
땅에 스치는 바람이고 싶어라
초록 숲속 달리면
초록 바람 가슴으로 달려오고

초록 바람
모든 잡초 일깨워 주네
빨간 가슴
초록 바람이 감싸주면
싱그럽고 향기로운
풀 향내
땅에 잔잔히 깔릴 때
코끝은 하늘을 향하여라

하늘에 흘러가는 구름이고 싶어라
땅에 스치는 바람이고 싶어라

봄

봄은
문틈으로 찾아오는데

겨울은 자리 털지 못하고
아쉬워하는 것은

봄이
살며시 내려앉는다고

앞뜰 잡풀
고개 내미는 모습 보며

그 겨울
꼬리를 감춘다

어머니를 생각하며

8년 전 월드컵 축구 경기가 있었던 날이다.

전국적으로 붉은 물결이 출렁일 때 우리 어머니께서는 돌아가셨다.

동네 사람들이 다 모여서 막중일에 매달려 시끌벅적했던 날이니 요즈음에도 동네 어르신들 만나면, "참 어머니 돌아가신 지 8년 됐지?" 아저씨 아주머니들……

39년 전 시집 왔을 땐 우리 어머니께선 피부가 희고, 곱고, 새댁 같은 분이셨다.

어렵게, 어렵게 자수성가하셔서 동네에선 부자소리 들을 만큼 '부'를 축적해 놓으셨고 여섯 남매 잘 길러 잘 가르쳐 제 갈 길 다 알아서 자리했고 나는 맏며느리 위치에 있다 보니 시부모님하고 30년을 같이 살았다.

어머니 돌아가시기 15년 전부터 당뇨, 고혈압, 중풍으로 고생을 하셨으니 당신 몸 제대로 못 써 불편하니 소싯적 고생하셔서 재산 일궈 놓으시면 뭐하나……

자손들한테 좋은 일만 하신 거지 당신 몸 제대로 추스르지 못하고 정신을 놓은 지도 몇 해 낮이건 한밤중 새벽 2~3시에도 엄마 찾아 3만리이다. 그러다 뒤 싸시는 것은 어쩔까?

속옷에다 담고 이리저리 다니시고 마음 아파서 눈물을 흘린 적이 몇 번인지 숫자를 헤아릴 수 없다. 그런 중에도 며느리의

농담을 받으신다.

어머니 '똥' 쌌지~? 하면 아~니~ 하신다. 그럼 어리광스럽게 쌌잖아~~ 하면 안~ 쌌어 그럼 검사해 볼까? 하면 해봐라 하시면서 당신 방으로 들어가셔서 요 위에 누우시려고 하신다. 아니~ 아니~ 어머니 욕실로 그래 가자 하면서 따라오신다.

몸을 씻기면서 온몸을 살펴보니 다리 종아리는 한 움큼 허리는 가늘고 예전에 통통하던 몸매는 어디로 가고 그리도 말랐을까? 가슴이 철렁하기를 몇 번인가?

아버님께서도 오랜 병상 생활을 하셨다. 뇌수술 2회 식물인간생활을 3년간 아버님, 어머니 뒤 싸셔도 한 번도 비닐장갑, 고무장갑 끼고 뒤처리해 본 적이 없다. 부모님들은 자식들 뒤처리를 장갑을 끼고 하시나? 몸에 장갑이 닿으면 촉감이 어떠실까? 하는 생각에 맨손으로 처리하곤 했다. 손은 물에 닦으면 된다는 생각에 그리 한 것이다.

그래도 부모님에 대한 생각은 많이 부족한데 어찌 해야 좋을런지 모르겠는데 뭐 그게 더럽다고, 모두들 뱃속에다 가득 담고 다니는데… 아버님, 어머니 돌아가신 후 불효했다고 가슴에 한이 남아 백일 간 상복 입고 테두리 머리에 쓰고 아침 해뜨기 전 저녁 해 지기 전 따끈한 진뫼 올리면서 곡 상식 올리고 초하루 보름 삭망 지내도 많이 부족하다고 했다.

지금 이 글을 쓰면서도 가슴이 저며 오는 것 같다.

화장한 얼굴 위로 눈물이 주루루 흘러내리니 화장한 것 지워질까 두려워 휴지로 씻어내지 못하고 꼭꼭 눌러 닦는다.

모두가 가식인 것 같다. 지워지면 어떤가? 박박 닦으면서 어머니~~ 하고 부르면서 실컷 울어본들 누가 뭐라 하겠는가?

*2010년 어느 날에

겨울 사랑

12월의 잎사귀
코스모스 여린 자태
들국화의 연보랏빛
갈대, 억새의 은색 머리
모두 숨었다지만

겨울의 스산함은 그래도 멋쟁이
겨울밤 안개 뿌옇게 덮이면
울컥 솟구치는 그리움
마음 둘 곳
보고픔은 까닭도 없고

사랑한다. 사랑한다
한 방울 한 방울
가슴에 서성대는
따스한 겨울 눈물

해맞이

자― 바라보자
수원산 위 솟아오르는
금빛 찬란한 태양을
새 아침 불끈 솟은 여명의
새 기운은
포천의 지축을 흔든다

이른 아침
매섭고 예리한 칼날이 내리쳐도
참고 기다려 왔던 포천 군민이여
자― 고개를 맘껏 들자
지난 모든 것 잠재우고

시작의 생명
꿈틀거림의 환희
반월산성 위 비춰진 태양은
새 천 년 용틀임을 한다

정열의 빛 뜨거운 햇살
내리쏟으니

소원성취 각자의 기원 비나이다

자— 보아라
느껴라
저 붉은 태양은
내 몸속 심장에서 고동을 친다

태양의 발자국
그 자취는 눈부시다
심술구름 헤치고 나온 태양
새로운 천 년의 희망찬 일출은
맑은 웃음, 환한 모습
능력의 희망이 넘친다

*2000년 1월 1일 포천군 해맞이 축제 때 반월 산성에서 '시 낭송' 작품

벼 익는 소리

새벽 이슬
벼잎 끝에 매달리고
동산의
떠오른 햇님 미소에
놀란 가슴 누르며
부끄러운 얼굴
손으로 가리고 이내 숨는다

따가운 태양 아래
벼꽃은 온몸 흔들고
풍요로운 벌판
벼 익는 소리가
따가운 햇살에 얹혀 옵니다

낙엽

늦가을
산허리 질끈 매니
누렇게 질식된 낙엽
발버둥 한 번 못 치고

손끝 시릴 때면
낙엽
밑거름 되려고
살며시
내려앉는다

알몸 드러낸 나무 등걸
추울세라
목화솜 나풀나풀 내려 덮으니
고마운 마음, 감사한 마음
내년을 기약한다
다시 만나자고

가슴 저며 우는 겨울 바람

하얀 눈 덮여
온 누리
깨끗한 한밤중

목청껏 님을 부르면
눈발은 눈물 되어 날리고
어두운 밤하늘
하나, 둘 별이 되어 내려앉는다

허허 벌판
찬 바람은
가슴 저며 우는 님
당신을 닮은 듯한데

뽀득
뽀득
적막감이 깨어오는 소리로 남고
푸근한 사랑
당신 품에 잠들고 싶은데

당신을 닮은 겨울 바람
가슴 저미며 울고 있네

가을에

가을
가녀린 모습의
풀꽃
코스모스의 하늘거림

가을 들녘을 나는
빨간 고추잠자리
산등성이에 걸려 있는
파란 하늘

가을 벌레
울음 소리

그 옛날
떡갈나무 숲을 헤치고
오르던 산자락
당신의 고백

난 알았었지
지금 그 가을을

기억하고
지금 그 가을을
기억하고 있지

아버님

고개 들어
밤하늘 쳐다봅니다
뭇별들
유난히 아름다운 은하수

은하수 바라보며
아버님 모습 그려 봅니다
은하수 따라 가신 님

크나큰 사랑
가슴에 사무쳐
잊지 못하리
날이 가면 갈수록
그 사랑 잊지 못하리

제3부

차를 우리는 여인

남편에 대하여/ 하얀 연꽃의 슬픔
하얀 구름 닮은 내 마음/ 하늘 안 무지개/ 제주도 주상전리
다산 정약용 선생 묘를 다녀와서/ 꽃에 날아든 벌
목련꽃/ 흐름/ 포천의 문화인이여/ 산정호수 분수대/ 날개
차를 우리는 여인/ 가을/ 신비로운 미소 속의 관음님/ 그리움/ 눈꽃

남편에 대하여

편안한 마음을 갖고
싱긋 웃어 봅니다
가까이서
생각하는 이에 대하여
귀기울여 봅니다
무던히도 사랑을 주시는

바꿀 수 없고
갚을 길 없는
그 사랑 가슴에 품어 봅니다
어쩌다 심술 어린 투정도
당신이 내게 있어선
살바람 되어 스쳐 갑니다

이 세상에
귀한 당신 있음을
자랑하고 싶습니다
우악스런 당신이고
무덤덤한 당신 얼굴

초여름 새벽
맑은 이슬 머금은
청초한 풀잎처럼
편안한 미소로 포옹해 봅니다
가슴이 떨려 옴을 느끼면서

하얀 연꽃의 슬픔

흙탕물로 씻어낸
연꽃
신비로움, 지혜로움 가슴으로 안고

순백의 여인네
자신이 고요하고 순결한 것은
하늘 선녀
손을 잡아서라고
자랑하고 싶어

옆자리
앳된 소녀에게
한 발 성큼 다가서니
방그레 붉은 입술 미소 지으니

순백의 여인네
덩달아 입 크게 벌리고 웃다
턱이 떨어져

까만 이빨 드러나 보이고

부끄러움 때문에
입을 가리고 싶었는데

장난기 어린 소녀
손을 번쩍 들어
맑은 구슬 이리 저리 굴린다

하얀 구름 닮은 내 마음

내 마음
하얀 구름 닮았네
네 곁에
가까이 하고 싶을 때

내 가슴
하얀 구름
품에 안기고

하얀 얼굴
사랑의 빛으로 달아오르면
하늘
깨끗함으로
헹궈 낸다

하늘 안 무지개

소나기
지난 뒤
물 한 모금 잔뜩 물고
살며시 떠오르는
하늘 아래
제일 가까운 곳
양팔 늘여 보는구나

내려놓은 팔
힘겨운지
걷어 올리고 싶어
천천히
하늘로
올리고 있다

하얀 구름
심술 나서
금세 덮어 버린다

제주도 주상전리

늦가을
가랑비 내린다
작은 우산 받쳐들고
질척대며 걸었다

검은 바다
가을비 싫어서일까?
어느새
검푸른 물
억지로 주름 만들며 달려와
암벽에
부딪치면 아프다며 철—썩 비명 지르며
흰 거품을 내뱉는다

어떤 업의 인연이길래
파도한테
하루에도
수천 번씩 채찍 당하며
둥근 것도 아닌
아픔의 괴로움인가?

육각기둥이 되고

짧고, 긴
육각기둥 몇 개?
어제도, 오늘도
얼마만큼의
헤일 수 없이 파도한테
시달림 받아 그리 되었나?

힘들겠지만
계속 그리 되어서
더욱 신비하고 오묘한 모습으로
많은 사람들에게
볼거리가 되어 주렴

다산 정약용 선생 묘를 다녀와서

조선조
실학의 대가
다산 정약용 선생
일찍 문과 급제하여
관직을 두루 거치던 중

귀향살이 17년
유배지에서
많은 글을 써
후세에게 남겨놓은 많은 저서들

75세에 생을 마감한
다산 정약용 선생
남양주 능내리 언덕에 묻혀
앞 강물
말없이 바라본다

꽃에 날아든 벌

추운
겨울을 보낸
화사한 봄
꽃망울
속살 드러내려 한다

화려한
자태에 끌려
꽃잎 속
날아든 벌
생명력을
불어 넣어 준다

목련꽃

파란
잎새보다
하얀 꽃잎을
하늘에게
눈(眼) 인사를 할 때쯤이면

여린 하늘
내려와 살며시 만져 보며
놀다 가려 한다

누런 먼지로 덮인
하얀 빛 지나며
머물고 싶을 때
목련꽃
실바람에 그 향기
날려 보낸다

흐름

머물 수 없는
세월 따라
변하는 자연

흐르는 맑은 물
변함없고

산과 들
그 모습 취하여 보려니

낙엽지고
앙상한 나뭇가지
찬바람 스치누나

뒤돌아보면
푸름의 이파리
젊음과 늙음

부서지는 낙엽의 티끌
한 줌의 흙
너와 나의 육신

포천의 문화인이여

큰 소리치며
하늘이
문을 열었노라

어둠이
짙게 깔린
반월산자락
모닥불 피우고

모처럼
나들이 길을 나섰노라

산언저리
시린 마음을
무지갯빛으로
걸쳐 놓았는가?

문화학교 수료생들의
열정 타는 소리에

포천의 문화인이여
2006년
끄트머리 12월
스산한 찬바람
마음의 서릿발을
꼭
감싸 안으소서

*포천천문화원 문화학교 수료생들 축제 한마당 축시

산정호수 분수대

추운 겨울 오기 전
마지막 장식하고 싶어
늦가을 안개
길게 줄지어
서서히 걸어간다

꿈길 타고
낙엽의 속삭임
오색 물들인 손
허우적거리고

호수의
하얀 발레리나
허공을 뛰어
파란 비단 위를
사뿐사뿐
발끝으로 내디디어 보는

날개

그리운 마음
사모하는 마음
샘물 같은 연정

허공을 수놓듯 하오니
내 마음
날아올라
님의 날개 될까 보다

사무치는
그리움
메울 수 없는 공간이기에

내 마음
날아올라
님의 날개 될까 보다

차를 우리는 여인

정갈하게
다소곳하게
몸 사려 앉아

다관
가슴에 모으고
깊이
마음 부어 보고

계곡 물소리
졸졸 소리 내어

찻잔 안
연녹색의 찻물
가슴 가까이 가져다

향
숨 한 번 들이쉬고
빛깔
정신으로 음미하고

파르르
입가에 대어
맛을 새긴다

가을

곱게 단풍이 들고
한 잎 두 잎
낙엽이 질 때면
자신의 인생을
뒤돌아 음미해 본다

작은 한 알이
성숙된 모습
웅크려 감싸려다 보면
어느새
알찬 모습의 계절

팔랑대는 가을 잎새는
사치스런 마음 같아 떨쳐 버리고
가을의
하늘을 향해 고개를 든다

신비로운 미소 속의 관음님

살며시
내려뜨고 계신
당신의 눈길을
우러르고 있노라면
근심 걱정 어디로 향했는가?

신비로운
미소를 띈 당신의 모습을
우러르고 있노라면
지쳐 버린 중생의 몸
당신의 품안에서
방울방울 눈물이 됩니다

연꽃처럼
환하게 웃는 모습
관음님의 모습

중생들
자비로움으로 품어 안으소서
바른 길 열어 주소서

그리움

싱그런
초여름 풀 냄새
온누리에 풍길 때
내 마음은 싱그러움
느낀다

논밭에 경운기, 트랙터 소리
요란스러울지라도

나는
농부의 소 모는 소리
그리워진다

이젠
그 소리 아득하기만 한데
좀더
가깝게 가깝게
들을 수 없는지…

해마다

이맘때만 되면
마냥 그리움에
젖는다

세월이 가도
나는
그 소리
계속 그리워할 것이다

아득하고 멀게만 느껴지는
그 소리

눈꽃

빨강 노랑
오색의 가을
은색 너울 되어
훨훨 날고

시린 마음 젖은 마음
눈꽃 되어 빛나고
얼음 밑 돌 틈 사이
파란 생명이 비추고

포근한 눈송이
화려한 눈꽃
강직한 얼음
고요한 물은
따뜻한 겨울 되어
예쁜 꽃으로 피어나길

제4부

추수를 한 후

숨어 버린 봄바람

목련나무 잔가지를
먼 산에서
내려온 봄바람이 만지려니
멋쩍은 모습으로
고개를 저어 본다

봄바람은
이내 부끄러워
아물아물
아지랑이 속으로 숨어 버리니

아쉬운 마음
가슴 한 번 만져 보고
짧은 목
길게 쭈—욱 빼고

기다리고 싶어지는 마음일까?
다시 찾아와 만지고 싶다면
손을
조금 내밀어 보렴

염주

백팔 번뇌 잊으려
한 알 두 알
백팔 염주 세어 넘길 때

습관일까?
내 입에선
중얼중얼

곧게 편 허리
눈을 아래로 뜨고
사악사악

엄지 손가락
손톱 밑으로
번뇌 망상
사라진다

봄비소리

너를 만난 후
온누리 적시면서
봄비 되어 울어 본다

메마른 가지 새잎 돋고
한 움큼 적시면서
봄비는 글썽거린다

떠나갈 수도
털썩 주저앉아
울어 볼 수도

가슴 아픔으로
쌓이게 된 봄 들녘
연분홍 빛 가슴 속 설움
울어도 확 트이지 않는
갈증이 감돌고

서러움의 눈물은
어두운 구름이고

우르릉 소리에 놀라
걷히고 말 건가?

그러노라면
성큼 다가서는
아름다운 환상의 세계

통나무 찻집

푸른 숲 우거진
왕방산
정상이 보이는 언덕
통나무 찻집 창가에 앉아
시원한 주스 한 잔

그 님과 마주 앉으면
가슴에 숨어드는

서쪽 하늘
빨간 저녁노을
지고 있는데
그 정상
오르고 싶은 마음은

사춘기 소녀
그리움으로 쌓여 오고
텅 빈 가슴 속
그 님의 사랑
그곳에 머무르리라

추수를 한 후

추수를 한 후
늘 논두렁에 선다
거둬들인 뿌듯함보다
텅 비어 있다는 마음
허전함이 엄습해 온다

콤바인 소리
싹둑싹둑
벼 그루턱
오래도록 서 보면

떠나 버린 그 곳
기다려 본다
홀연히 떠나지 못하고
내년 가을
만날 약속하며

넓은 논에서
손 흔들어
배웅을 한다

겨울

새벽길
어둠이 걷힐 때
화천댐에 닿을 수 있었다

차창 넘어 신선한 공기
엄습해 온다

강물에
뽀얀 물안개 피어오른다

가으내 그을려 시커먼 얼굴
오염도 안 된 순수한 모습
정이 담기고 사랑이 흐른다

나는
강변로를 달리니
수평선 서산마루
회색 구름 몇 조각

빨간 저녁 노을

강물에 비치면
환상 속 늪에 빠진다

되돌아가고 싶은 마음
누르면서…

봄이 오는 길목

내 눈 앞에 보이는
높지도, 낮아 보이지도 않는
저 산 너머엔
연분홍 봄님 성화에
하얀 겨울은
꼬리를 감추고

어제는
겨울을 과시한 겨울장군
오늘은
미소를 머금은
새색시 모습
이내 부끄럽다는 듯
그 기백은 어디로
아리따운 자태에 승복을 했는지

멀지 않은 날 선택해
남풍에 실려
오려나
난 느낌으로 알지

사라져가는 마음

한여름 지쳐
고개를 외로 꼬고
마음의 호수
퇴색한 모습 비춰 본다

피곤은 엄습해 오고
양 뺨 위 스치는 바람
누가 가져다준 것인가?

급하게 뒤를 내리치는 빨간 하늘
앞에는 한밤의 불안
모든 공해에 쌓여
나는 계속 가고 있다

내 마음은 지치고
가는 것이 아쉬워
고개를 흔들어 보는 나
함께
가려 하지 않으려고

회상

밤하늘이
보고 싶어
마당에 나서서
칠흑 같은 먼 하늘 쳐다보니
둥근 달 떠 있고
별들의 속삭임

내 어릴 적
한여름 밤엔
앞마당
멍석 한 잎 깔고
모깃불
눈이 맵도록 타오를 때
여름밤은
깊어 가는 줄 모른다

별이
유난히 많아
별밭에 벌렁 눕고 싶은데

할아버지 무릎 베고
옥수수 뜯고
혹여 모기에 물릴세라
부채로 휘휘
옛날 얘기 듣다 말고
어느새
잠이 소르르 옴을 느낀다

알밤의 일생

가시 옷
온몸 휘감고
웅크리고 앉아
깊은 사색에 잠긴다

귀뚜라미
스칠 때면
탱글탱글
수줍다며 얼굴 붉혀 보고

갈바람 심술 통에
얼굴 할퀴어
참을성 없는
알밤
아래로 곤두박질한다

이제나 저제나
짧은 목
위로 젖혀 보는
다람쥐 샌님

눈 한 번
꿈벅
알밤 한 알 까 먹고
눈 한 번
꿈벅
알밤 두 알
가랑잎
얼른 덮는다

108염주

까만 하늘
내리는 별들
알알이 주워
염원 담아 만든
108염주

기쁨, 슬픔
참회기도 드리니

연꽃으로
피어나는 촛불

작은 연못

파란 빛 하늘보다
투명함 보여주고 싶은
그 하늘
바람 타고 조용히
내려앉는다

어느 샌가
높은 산은
거꾸로 서서
아랫동네 내려다보니

작은 연못의
맑은 물속
어린 물고기들
어디로
수다 떨러 가는지…

10년의 사랑

그리움 쌓이고
쌓여진 그리움
10년의 사랑으로
안개처럼 피어나
산모퉁이 돌아
저녁 노을 비쳐도

그대 향한 그리움
하늘빛
산 그림자 찾아 떠돌다 흩어져

숨소리 몰래 훔치면
이내 뜨겁고
몸과 마음
둘 곳 갈 곳 몰라도
우리의 사랑은
숨 막히게 부드럽다

10년 사랑
그 고동소리는

내일의 희망

고향을 생각하는 주부들의 모임은
천 년의 햇살로
멀리멀리 퍼져 간다

*농협중앙회 주관 고향을 생각하는 주부 모임
10주년 기념행사 때 '축시' 낭송시임

세월 따라

바람이
조용히 불면
하늘을 본다

꿈을 실은
큰 구름, 작은 구름
이 세상 가득

내 마음
흔들려 오면
아득한 세월
돌아보고

다시
세월 따라
내 마음
흔들려 오면
주름진 눈가
눈물이 고인다

가을이 오는 소리

흰 구름 떠 있는
빨간 하늘
지쳐 버린 고개를
외로 꼬고
맞이하는 가을보다
떠나가는 한여름
더욱 즐겁고
어느 샌가
문틈 새로 조용히 살금

시퍼런 논
벼이삭 샛눈 뜨고
귀뚜라미 소리
귓전 스칠 때면
길가 코스모스
손 흔들고
만 가을이
온누리에 차면
마음은 풍요로움

추억

겨울 햇살
펴오르면

눈부시게 펼쳐진
은빛 설원
초가지붕 처마 밑
고드름

한 토막 잘라
이(齒)가 시리도록
깨물곤 했었지

그러다가
검둥 강아지처럼
손잡고
눈밭으로 달려가
벌렁 누워
몸뚱이 표본을 뜨고

지금도

그립다
내 어릴 적 눈밭의
낭만

그 날의 추억
세월

꽃바람

하얀 하늘
어디론가 가 버린
저쪽 끝 마을로

이 마음
파란 하늘에
예쁘게 띄워 보고

나른한 몸
고운 햇살로 녹여 놓고
살랑살랑 꽃바람
싱숭생숭
마음 떠올리고

내 가슴
아지랑이 피는 가슴 짓누른다

내 님한테 들킬까?
종종 걸음
봄비 찾아 간다

제5부
초겨울에 떠난 님

가을 여인네

하늘이 하도 고와
가을 나뭇잎
마중 나가니

햇볕
정겨움에 나른함
기대어 눕고 싶은가 보다

곱게 회상하는
잎사귀를 보며
잠시 고요함에 잠겨 보는
웃음 모은 여인네

가을 속으로
가벼이 날고 싶은데
그 마음
뒷전으로 돌려놓는다

맑은 소리 예쁜 소리

아카시아
꽃 냄새 맡으며
산기슭 비탈진
긴 사래밭을 맨다

뻐꾸기, 구구새
새들의 소리
귓전에 스치고
옆 이랑
파종다리는
벌, 나비
머리에 이고 서성거리고

도심 속
찌든 소리가 아닌
맑고 아름다운 자연의 소리
벗을 삼고
길고 짧은 시간이 어디라
황홀할 뿐

하얀 꽃

가고 오는 것
마음의 끝은 어디인가?
세월 속
스쳐 지나간 나그네
그리우면 손짓하여 부르고

어느 한 곳
머물고 싶을 때
맴돌아 자리했고
그리움은
하얀 꽃

훈련소에서 보내온 편지

아들의 편지
내게 오면
내 가슴은 편해진다
아들의 글
읽노라면
그 속에 멋진 아들 모습

내 영혼의 꿈이라고
나의 자랑스러운 아들이
건강한 몸으로 군에 입대하다니
사랑하는 내 아들아!

샘솟는 기쁨
천 리 만 리에 있어도
이 순간은 기쁘고
너의 숨결
느끼는 이 행복

사랑하는 내 아들아!

군에 간 아들을 생각하며

하늘이
파란 색이었으면
겨울의 스산함
올 겨울은 춥다던데
너를 생각하면
엄마는 마음이 몹시 시리단다

어제도, 오늘도
넌 힘들지?
마음의 눈물로 씨를 뿌리면
기쁨의 열매가 맺힌단다

항상
마음 창틀에 예쁜
꽃을 피운다면
먼 후일

힘들고 어려웠던 시절
인생을 사랑할 즈음
아름다운 추억이 되겠지?

항상

사랑한다

너의 슬픔까지도

성년을 맞으며

누가 볼까 봐
맑은 이슬 머리에 이고
어머니 뱃속
태반 벗고 솟구쳐 나와
모두의 소중함으로…

환희로, 행복함으로 꿈꾸고
깨끗한 마음
아름다운 꽃 피우고
어둠이 오려 하면
등불 밝히고
그대들 손잡으리

푸른 숲 사이로
쏟아져 내리는 햇살에 기대고 싶은 것은
잠깐 머물고 싶어서겠지요?

신작로에 핀
환하게 웃고 있는
아가, 꽃들도

가냘프고, 부드럽고, 나약함이지만
맑은 꿈꾸고 있는 청소년 시절이라
그 시절
짝사랑으로 돌리려 함은 왜인가요?

그리움이 가슴에 담겨져 있다 해도
떠나는 시절은
서운한 마음이겠지
아마도 정열이 있었기
그리도
소용돌이쳤나 봅니다

마음 가난한
옛 친구들
마음 상하게 해 놓고
이제 와
눈물이 마르지 않는다

그렇게 가는 지난 날
맞이하는 성년기

갈림길 서성이고 싶은
생각도 합니다

그래도
그대들은 기다렸지요?
다가오는 파란 하늘에서
한 줄기의 성년이 된
의젓함이 비쳐지는 것을

바람이 지나다 만져줄 것입니다
그 바람이

*성년의 날 '축시'

초겨울에 떠난 님

빨간 찔레꽃 열매
노랗게 단장했던 은행잎
이미 떨어져 버리고
초겨울 날
옛님을 생각하며
산길을
걷노라면 품으려는 자세로
맞이해 주는 님
꿈이련가 생시련가
성큼 다가서니
그것은
앙상한 나뭇가지 끝에
파란 나뭇잎이
낙엽이 되어
겨울바람에 달랑달랑
나의 님 언제 만나려나?

가을 지나 삭풍이 날리던 날
언젠가 가신 님이 아니던가

찔레꽃

엊저녁
소리 없이 내린 비에
눈송이 같은
아카시아 꽃

산길에 뿌려져
꽃길을
이루었나

거기
새하얀 찔레꽃
신부의 부케인 양
과시하고

몸살 앓던 싱그러운
햇볕

환한 모습으로
짙어졌으면

박꽃

초가지붕
아닌들 어떤가?
너는
아스팔트 싱글 기와 지붕 위
진초록 잎 사이로
살짝 내민
영롱하고 맑은 이슬을 머금은
하얀 얼굴

몇 날이 지나면
둥글고 예쁜
연초록의 열박이 되어
우리들 마음 속에서 멀어져 가는

내 고향 같고, 어머니
품안 같은 마음의 길

가을이어라

가을의
대추나무 가지 사이
물먹은 초생달
갸웃거리고

달빛 아래
옆집 행랑 지붕 위
덩그러니 대여섯 개의 열박
달빛에 빛나고

옆으로 쳐진
밤나무 가지
밤송이
웃음 헤픈 아가씨

헤벌레 웃으니
알밤 한 알
뚝!
땅 위에 뒹군다

풍요로운 만 가을
가슴에 품고 싶어라

아! 가을이어라

갈바람의 사랑

언덕배기 묵정논
무성한 줄-이파리
엊저녁 내린
된서리에 힘을 잃었는데
가을 찬바람이
살포시
손을 잡으려 한다

어느새
님의 손길이 닿는 줄 알고
바스스 소리를 내니
이내 갈바람이 부끄러워
가슴에 안고
뒤돌아서서
멀리 가는 님

님을 향해 다시 오라
한 번 더
바스스 미소 짓는 줄-잎
갈바람의 사랑

가슴에
묻어 둔 것뿐이네

아름다운 생각을 하면서

한 포기 한 포기
자라난 힘찬 너의 모습

그윽한
마음으로 바라다보고 있노라면
마음 속에는 뿌듯함이 차지하고
있으려 할 때

언제나
반려자가 되어주길 바라겠지?
부족함이 많아
간절한 마음으로 바라다볼 뿐

세월이 흐른 뒤
소스라이 찬 바람이 일면
너에 대한
아름다운 생각을 갖게 된다

환하고, 선명한
노란 색이 되어서

모든 이에게
기쁨을 안겨주길
바랄 뿐이라고

아름다운 것들

긴긴 동짓달
밤

창밖의 매서운 바람이
나무 끝에
스칠 때면

파르르 떨리는
문풍지
소리

질화롯불에 알밤을
부젓가락으로
뒤적이면

뽀얀 재 먼지는
구수한 군밤 냄새를
피워 낸다

지루했던

겨울밤
깊어가는
哲學

가물사물
등잔불
무엇인가의
內包

집 뒤 야산에
산짐승의 울음소리
산간 마을의
고요

고향의 숲속 소리

산자락
여린 솔바람 휘돌아 도니
여름 향내
하늘로 날고

숲속으로 다가선
옛날 어린 시절이
별빛 따라
줄줄이 엮여 보일 때

풀냄새 맡으며
생각에 잠긴다

손톱 닮은 초승달은
초저녁
밤하늘에 매달려
서산마루
다가서고

작은 산새

애섦은 속울음은
애틋한 추억이고

돌 틈
까만 이끼
손으로 씻어 내리고
사이엔 깨끗하고 환한 세상
차곡차곡 재워 놓으면

응어리진 가슴
풀어질 수 있는

찻물소리

연녹색 빛의 봄이
꽃샘바람 몰아내며
뾰족한 여린 싹을 불러 본다

작열하는 여름 볕으로
온몸 찜질하고

새하얀 꽃잎 속
연노랑 빛
꽃술을 감추려 한다

초가을 찬 이슬로
고뇌의 시련을 딛고
적당한 온도의 청수를 부어
쪼르르
찻물소리 따라간다

코끝에 스치는 향미로움
시선 집중되는
연녹색 빛깔

감미로움
입맛으로 새긴다

별

초저녁
정다운 별
빛나는 별

외진 곳
등불 되어
비쳐주는

잊었었지
아득히
혼자
빛을 내는

내
여기 올 때까지
밝게 비춰준

별
옛날 일들
눈을 감아본다

풍경소리

단풍잎이
가을바람 보고
손잡고 놀자 해도
싫다며
심술을 부리더니

이내
산바람
산사로 내려온다

산사 처마 밑
한 손으로 잡고 있는
풍경을
흔들어 본다

댕댕
웃음 보이는
풍경소리

美的 變容과 인간의 소리, 實存的 自我形成

— 李在玉 첫 시집 《풀꽃 같은》의 詩世界

鄭 光 修
詩人, 文學評論家, 海東文學 主幹

1

이재옥 시인은 1998년 『해동문학』(통권 21호)에 필자가 데뷔시켜 이제 17년이 지나 첫 詩集을 상재한다.

남 같았으면 벌써 시집이 나왔어야 했는데, 늘 생각하고 다듬고 하여 요지부동, 그 절개가 요염한 것은 여름철 마루에 세모시 적삼만 걸치고 대발을 늘이고 부채질하는 정염한 모습인 것이다.

가을
가녀린 모습의
풀꽃
코스모스의 하늘거림

가을 들녘을 나는
빨간 고추잠자리
산등성이에 걸려 있는
파란 하늘

가을 벌레
울음 소리

그 옛날
떡갈나무 숲을 헤치고
오르던 산자락
당신의 고백

난 알았었지
지금 그 가을을
기억하고
지금 그 가을을
기억하고 있지

– 〈가을에〉 전문

엊저녁
소리 없이 내린 비에
눈송이 같은
아카시아 꽃

산길에 뿌려져

꽃길을
이루었나

거기
새하얀 찔레꽃
신부의 부케인 양
과시하고

몸살 앓던 싱그러운
햇볕

환한 모습으로
짙어졌으면

– 〈찔레꽃〉 전문

사랑은 스치는 바람으로
지나가는가

봄 뜨락에 잔잔히 피어
나지막한 언덕 위

흔들리는
나뭇잎

사알짝 지나간
바람

얼굴은 보지 않고
지나가는
노랫소리

사랑의 전율이
흐를 때
마음 속을 비워낸
흔적
작은 풀꽃
사랑

- 〈풀꽃 같은 · 2〉 전문

이재옥 시인의 첫 시집 해설을 위해 앞에 정한 제목은 〈美的變容과 인간의 소리, 實存的 自我形成〉이다.

그것은 시라고 하는 定義는 그 고유의 목적은 자기표현이다. 시인은 스스로의 사상이나 감정을 자신의 특수한 체험을 표현하는 것이어서 시 속에 표현된 사물도 주관적으로 윤색된 세계에서 그러하다.

세계의 자유화란 말은 시인의 자기 세계를 개성에 따라 主觀化한다는 뜻이 그러하다. 그래서 헤겔도 제재의 개별화와 특수화를 自我化 한다고 말한다. 그래서 위 詩를 자세하게 읽어보면 이재옥 시인의 제재에 있어 미적 변용으로 인간 소리를 냄으로써 실존적 자아를 형상화했음으로 미적 가치를 가져왔다고 보게 된다.

사실 모든 문학에서 진실성이 중요하다. 이런 경우 시인의 실제 상대와 작품의 내용이 일치해야 한다는 同一性이 성실성으로 옮아온 것이었다. 그래서 동일성을 성실성으로 해석해 온 것이었다.

세모시 적삼을 갖춰 입고 푸른 발을 바라다보는 그 정서는 한국적 정서이긴 하지만 서양문학 특히 낭만주의 문학에서 주조를 이룬 것이었다. 詩의 성실성은 톨스토이의 感染의 강도를 결정하는 3가지 이유 중에 성실성을 들고 있는 것을 보면 이재옥 시인의 〈미적 변용의 인간의 소리〉를 실존적 처지를 가다듬는 품새가 고상하고 처절하다.

2

이재옥 시인의 첫 시집 《풀꽃 같은》의 주제는 〈美的 變容과 인간의 소리, 그 實存的 自我〉에서 찾아본다. 그 이유는 한 시인으로 이 세상에 살아가면서 아름다움을 어떤 눈으로 살펴보면서 이 세상을 살아가는가 하는 시적 조응을 하는가를 살펴보기로 한다.

한 편의 시를 읽어보자.

추수를 한 후
늘 논두렁에 선다.
거둬들인 뿌듯함보다
텅 비어 있다는 마음
허전함이 엄습해 온다

콤바인 소리

싹둑싹둑
벼 그루턱
오래도록 서 보면

떠나 버린 그 곳
기다려 본다
홀연히 떠나지 못하고
내년 가을
만날 약속하며

넓은 논에서
손 흔들어
배웅을 한다

– 〈추수를 한 후〉 전문

詩가 진실하다고 하는 것은 詩가 자연스럽고(spontaneons), 진실에서 우러나고(genine), 성실(sinces)해야 한다. 즉 시인의 감성과 정신 상태의 가장 없는 순수한 표현이어야 한다. 그러면서 위 성실함은 개성론에서 본다면 자전적이고 고백적이고 그것이 우리가 말하는 서정시의 원형이다. 그것은 우리가 말하는 실존적 장르다(existential).

다시 말하자면 감정의 과장된 관습적 표현은 덜된 시가 되고 그 감정과 言表가 일치되면 좋은 시가 된다.

위의 말은 공자가 말하는 '思無邪論' 의 한 구절이다.

위 詩 〈추수를 한 후〉는 좋은 시이다. 그것은 이론적으로 말한다면 진실성 문제로 보면 언표의 유로가 실제로 느낀 감정과 시인이 느낀 경험적 자아와 시적 자아가 일치하느냐 하는 동일시에서 찾는 것으로 한국 서정시의 原型이다.

이재옥 시인은 농민의 아내로서 동일시를 터득했고, 우리가 보통 말하는 경험적 자아와 시적 자아를 동일시하는 태도는 오랫동안 한국시의 전통적 視觀이 되어 왔고, 그러면서 이재옥 시인은 우리 詩論에 정통한 이른바 意, 心, 氣를 표방해 본다면 氣象論의 올바른 서정시인으로 못 박을 수 있겠다.

또 다른 시들을 보자.

내 눈 앞에 보이는
높지도, 낮아 보이지도 않는
저 산 너머엔
연분홍 봄님 성화에
하얀 겨울은
꼬리를 감추고

어제는
겨울을 과시한 겨울장군
오늘은
미소를 머금은
새색시 모습
이내 부끄럽다는 듯
그 기백은 어디로
아리따운 자태에 승복을 했는지

멀지 않은 날 선택해
남풍에 실려
오려나
난 느낌으로 알지

– 〈봄이 오는 길목〉 전문

싱그런
초여름 풀 냄새
온누리에 풍길 때
내 마음은 싱그러움
느낀다

논밭에 경운기, 트랙터 소리
요란스러울지라도

나는
농부의 소 모는 소리
그리워진다

이젠
그 소리 아득하기만 한데
좀더
가깝게 가깝게
들을 수 없는지…

해마다
이맘때만 되면
마냥 그리움에
젖는다

세월이 가도
나는
그 소리
계속 그리워할 것이다

아득하고 멀게만 느껴지는
그 소리

– 〈그리움〉 전문

예를 든다면, 70년대나 80년대에는 그래도 몸부림치면서 현실을 앞서가는 것처럼, 현실을 유도해 가는 것처럼 살아가는 것 같았고, 90년대 문학은 脫 이데올로기 현상을 드러냈고, 그래서 급격하게 변하는 세계 정세 속에 기존의 가치관과 세계관이 해체되고 새로운 가치관 확립을 위한 모색을 하고 있었다.

어떤 이즘이나 중심이 없음으로 하여 소위 중심의 해체라는 설까지 나왔었고, 그러므로 해서 개개인의 성과는 있었겠지만 그렇다고 하여 문단이라고 소위 문단에서 뚜렷한 것이 없고 목소리만 높았던 시절이 있었다.

脫 이데올로기, 가치관의 해체, 주체의 분열에서 自我 同一

性의 自覺인 것처럼 되어 있었지만 모두 소멸되어 버린 가운데 리얼리즘, 모더니즘의 판도에서 슬며시 포스트모더니즘이 끼어들더니 슬그머니 사라지고 말았다.

지난 17년간 이재옥 시인이 한국 전통정신 서정시에 매달려 살고 있으면서 첫 시집을 이제야 상재하는 이유를 이 시 해설을 쓰면서 어렴풋이 알게 한다.

한용운이라는 당대의 큰 시인은 사실은 지금 유명해졌지만 그는 문단에서 저 멀리 서 있었다. 시집도 《님의 침묵》만 딱 한 권 내고 죽었는데 문단에서는 그와 관련된 논문이 수백 편이나 된다.

그의 연구를 평생하고 있는 필자는… 한용운의 경우 그의 詩的 감동은 禪觀的 상징으로서 시가 고도의 상징과 비유가 넘쳐 흐르나 그 중에서도 중요한 문제는 일상어를 국어의 차원으로 끌어올린 內的 언어로서의 포에지를 획득하였음은 물론, 자신을 끊임없이 변혁하고 詩語의 은밀성이 禪語와 맞아 떨어지는 참신성이 내포되어 성공했다고 설명한 일이 있는데… 앞서 이재옥 시인은 농부의 아내이긴 하지만 불교시인으로 어떤 절집의 찬불가 지도자로 수십 년간 수도하는 보살 시인이다.

앞서 이재옥 시인의 詩는 氣象論으로 설명한 바 그 氣象論으로 말한다면 첫째는 意인데 그 내용은 文辭의 꾸밈이 부수적이다. 즉 意라고 하는 것은 氣를 주로 하는 것인데 氣의 우열에 따라 그 깊이와 옅음이 있다고 생각이 드는 것은 그것은 하늘에 근원을 두는 것이니 배워서 얻는 것이 아니라 천부적이라고 보아야 한다.

그러므로 그 에너지는 천성에서 나타나고 意는 氣에서 의거

하여 情에서 나오는데 그 情이 곧 意인 것이다.

위 두 편의 詩 〈봄이 오는 길목〉, 〈그리움〉을 읽어보면, '그리움' 을 알 수 있겠다. 위의 말들은 시라고 하는 것은 氣나 意에 근거하기 때문에 더욱 그러하다. 즉 시는 저자의 천품에서 우러나오기 때문에 그러하다. 그렇다면 시의 우열은 시인의 타고난 인간성(hunman hature)에 기인할 수밖에 없으니 氣象論에서는 시인 자신의 인위적 조작 내지는 예술적 變容은 있을 수 없으니 그 천품이 표현된다는 점에서 앞서 말한 시적 자아와 경험적 자아와의 거리는 동일시 될 수밖에 없으니 그를 말해 불교에서 말하는 보살심이다.

시라고 하는 것은 알고 보면 '마음' 의 문제인데 그 마음은 무엇이 발현하여 나오는 것인가.

시인이 자신의 마음을 어떻게 굴리고 있느냐에 따라 시에 있어서 變容이 생길까 하는 것이다. 보통 불교에서 말하는 본연의 법성으로 감연공적하여 명생의 형색이 없으나 수유의 중생상으로 보면 일체만법에 구비하여 진망선악이 제범이 생멸부판하는 것이요, 예를 들면 '마음' 이라고 하는 것은 물에 비유하면 아픔을 닦는다는 것, 이를테면 물을 맑게 하여 그 물 자체를 안정하게 하여 진토로 하여금 시간이 지남에 따라 맑아질 때까지 기다리는 수밖에 없을 것이다.

그러니까 보통 말하는 禪이라는 것은 알고 보면 禪은 스스로 현전해 있는 세계요 함허당의 원각경 해제에서 보통 湛深妙法妙離宮擧目分 明己 現前이라고 했음과 같음이다.

흔히 문학은 상상의 산물이라고 말한다.

그 말은 대상이 뚜렷하면 상징이 되지 않고 불가시한 곳에 있으니 상상과 현실 사이에 시인의 머릿속에 만들어진 '상상의 것' 그것은 사실상 시심에는 없는 것이요, '그것' 은 곧 상상으로 나타날 뿐, 따라서 상상은 강할수록 오래 간다고 볼 수 있고, 그것은 불가시한 것을 가시적으로 나타내는 것이 곧 상상인 것이다.

그래서 앞서 말한 이재옥 시인은 불교문학 쪽의 보살행을 닦는 불교도라는 말로써 그 菩薩行을 닦는다는 뜻이다.

'상상' 은 강할수록 좋다고 말한바 '보살행' 도 그러하다. '보살' 이란 말은 깨달음의 밝은 속성인 즉 보리(boddhi)와 그 반대개념인 어두움의 無知 속성인 사트바(Sattva)와 결합된 '보리살타' 에서 나온 말인데, 양극이 서로 다른 '상징적' 말이다. 얼핏 보면 연결이 불가능한 것 같지만 중생이 불타에 귀의하려면 '보살' 이라는 중간자 곧 보살이 또 다른 측면인 어두움의 속성만을 통해야만 한다는 논리인 것이다.

즉 불타가 중생과 연결되려면 보살의 밝은 속성을 거쳐서 번뇌의 아픔을 거치면 어두움의 속성을 번뇌의 아픔에 닿을 수 있을 것인바 우리의 의식이 끊임없이 밝음의 세계인 보리 쪽으로 이행해 가려고 할 때 상대적으로 철저히 인간 쪽인 고뇌인 사트바 쪽으로 내려가야 한다.

착함과 악함, 좋음과 나쁨, 밝음과 어두움 같은 양극을 구분 짓는 이론적인 생각은 전부 버려야 할 것이며 이 세상에 머물지 않고 깨달음의 세계에도 머물지 않는 존재가 바로 보살인 것이다.

깨달음에 대한 강렬한 열망을 가지고 있으면서 중생에 대한 연민이 있기 때문에 중생의 세계나 불타의 세계, 그 어느 쪽에도 머물지 않는 것, 그것이 '자비' 인 것이니 그것은 곧 불타가 중생과 함께 하는 '시혜' 인 것이다. 이재옥 시인을 평생 그 '시혜' 를 주고 살면서 평생 '찬불가' 지도를 하고 있는 '보살행' 의 선구라고 생각해 본다.

그러한 이재옥 시인은 자기합리화를 철저히 거부하는 의식으로 의식의 완전한 각성 상태를 의미하는 것이어서 도덕과 의리의 사슬에 묶여 자기 감정을 제어하고 감당하지 못하여 괴로워하는 인간의 족쇄를 풀어줄 수 있는 시인이며, 이재옥의 詩篇들이다.

3

다음 시를 읽어보자.

하얀 하늘
어디론가 가 버린
저쪽 끝 마을로

이 마음
파란 하늘에
예쁘게 띄워 보고

나른한 몸
고운 햇살로 녹여 놓고
살랑살랑 꽃바람
싱숭생숭

마음 떠올리고

내 가슴
아지랑이 피는 가슴 짓누른다

내 님한테 들킬까?
종종 걸음
봄비 찾아 간다

– 〈꽃바람〉 전문

앞에서도 말한 바 상징에 숨어 있는 것이 정서일 수 있고 이념일 수도 있으나 불교이론에서 보여주는 숱한 상징이나 비유들이 그걸 '무엇이다' 라고 형상적으로 말하기 어려워 쓰인 것으로 서양 문학이나 철학에서 메타포(Metapor)로 말하는 것과 같음이다.

메타포로 표시되는 언어는 고도의 상징을 내포하고 있어 禪에서 차용해 오면 現代詩에 접목이 가능할 것 같다. 그 말은 禪의 논리가 질서를 무시하고 이론을 완전히 배격하여 형식 논리나 인식 논리를 적용하지 않지만 禪대로의 기존 논리를 무시한 非 논리와 逆 논리를 선에서 찾는 것은 그 방법이 선의 논리가 이질적이면서 진실에 적중되는 깊이 있는 논리임으로 超越的 상징에도 적중되어 차원 높은 논리로서 값어치를 보여준다.

내 마음

하얀 구름 닮았네
네 곁에
가까이 하고 싶을 때

내 가슴
하얀 구름
품에 안기고

하얀 얼굴
사랑의 빛으로 달아오르면
하늘
깨끗함으로
헹궈 낸다

– 〈하얀 구름 닮은 내 마음〉 전문

문학은 가장 단적으로 말한다면 언어예술이다. 즉 아름다움을 창조하는 예술인 것. 그러므로 언어가 기본이고 언어 예술인 이상에서는 언어의 창조성을 생각해야 한다. 그것은 詩語에서 나타난다. 즉 언어를 사상의 옷으로 꿰매어 그 뜻을 주로 삼는다.

앞 페이지에서 언급한 心象이 그 말이다. 뜻을 세운다는 어려운 일이며 동서양의 詩論의 근간은 같은 것이다. 그런데도 詩觀이 같은데도 언어에 대한 태도는 언어를 의미의 본체로 보거나 역설적으로 언어를 거부하고 언어로부터 해방시키려는 극단의 형태로 달라지고 있다.

리챠즈는 과학적, 인식적 언어 용법과 시적, 정의적 언어 용법으로 구분하기도 하였다. 인간은 '言表할 수 있는 것'과 마음 속에서 관찰하여 영상을 말하는 방법과 분리되어 있지 않기 때문에 思惟한다는 이러한 고도의 개인적 재능도 가장 정확한 사회적 반응이 된다.

4

이재옥 시인의 첫 시집《풀꽃 같은》의 詩觀을 해설하기 위해서 ① 美的 變容과 인간의 소리, 實存的 形成이라 했다. 詩的 '自我化'란 말은 제재의 個別化, 自我化를 잘 선택해 同一性을 획득, 시인 자신이 발현하는 인간의 소리, 자신의 실존적 처리를 가다듬은 秀作이라고 썼다. ② 시가 진실하다는 것을 개성적이고 한국 서정시의 원형이며 현실적 自我의 형성에 성공했다. ③ 詩的 自我와 일치했느냐 하면 同一視로 설명했고, ④ 한국시가 서양사상에 짓눌려 뉴크리시즘, 형식주의 비평, 낭만주의, 상징주의, 프로문학, 모더니즘, 포스트모더니즘을 잘 벗어나 한국 고유의 전통시를 ⑤ 禪시의 틀을 잘 지키면서 氣象論의 틀 속에서 意를, 氣를 주로 해 情을 성취해 성공을 거둔다. 시는 '마음'이 문제인데 그 마음을 '變容'해 그 意志를 명근시킨 점이 중요하다. ⑥ 보살행으로 나타난 그의 詩論들은 '보살도'를 실천인간화 하였다. ⑦ 超越的 상징이 적중되어 차원 높은 논리로 큰 값어치가 보인다. ⑧ 이재옥 시인의 첫 시집은 17년이 걸렸다. 꾸준하게 정진하여 84편의 이 시집은《풀꽃 같은》서정으로 마무리된다.

지난 17년 간의 노고에 축복을 보낸다.

이재옥 첫 시집
풀꽃 같은
•
지은이 / 이재옥
발행인 / 김재엽
발행처 / **한누리미디어**
디자인 / 지선숙
•
121-840, 서울시 마포구 잔다리로 35(서교동) 서운빌딩 2층
전화 / (02)379-4514, 379-4519
Fax / (02)379-4516
E-mail/hannury2003@hanmail.net
•
신고번호 / 제300-2006-61호
등록일 / 1993. 11. 4
•
초판발행일 / 2014년 10월 20일
•

•
값 10,000원
•
※잘못된 책은 바꿔드립니다.
•
ISBN 978-89-7969-488-8 03810